D1297271

LE GÉNIE PERD LA BOULE

Catalogage avant publication de Bibliothèque et Archives
nationales du Québec et Bibliothèque et Archives Canada

Mercier, Johanne

    Le génie perd la boule

    (Brad ; 3)
    Pour enfants de 8 ans et plus.

    ISBN 978-2-89591-051-0

    I. Daigle, Christian, 1968- . II. Titre. III. Collection: Mercier, Johanne.
Brad ; 3.

PS8576.E687G465 2008   jC843'.54   C2007-942194-6
PS9576.E687G465 2008

Tous droits réservés
Dépôts légaux: 1er trimestre 2008
Bibliothèque nationale du Québec
Bibliothèque nationale du Canada
ISBN 978-2-89591-051-0

© 2008 Les éditions FouLire inc.
4339, rue des Bécassines
Québec (Québec) G1G 1V5
CANADA
Téléphone: (418) 628-4029
Sans frais depuis l'Amérique du Nord: 1 877 628-4029
Télécopie: (418) 628-4801
info@foulire.com

*Les éditions FouLire remercient la Société de développement des entreprises
culturelles du Québec (SODEC) pour son aide à l'édition et à la promotion.*

*Gouvernement du Québec – Programme de crédit d'impôt pour l'édition de livres –
gestion SODEC.*

*Les éditions FouLire remercient également le Conseil des Arts du Canada de l'aide
accordée à leur programme de publication.*

100%

Imprimé avec de l'encre végétale sur du papier Rolland Enviro 100, contenant 100%
de fibres recyclées postconsommation, certifié Éco-Logo, procédé sans chlore et
fabriqué à partir d'énergie biogaz.

IMPRIMÉ AU CANADA/PRINTED IN CANADA

LE GÉNIE PERD LA BOULE

JOHANNE MERCIER

Illustrations
Christian Daigle

Roman

Tout vient à point à qui sait attendre. À condition d'être patient, évidemment. Croyez-le ou non, cet après-midi, Albert, Huguette, Guillaume et Jules Pomerleau se sont enfin mis d'accord sur le troisième vœu à faire exaucer par le génie Bradoulboudour. Ce n'est pas trop tôt, me direz-vous. C'est aussi ce qu'a crié Albert quand la discussion de famille s'est terminée tout à l'heure. Et puisqu'on ne peut rien vous cacher, voici en grande primeur (avant même que le génie en soit informé) le troisième, le dernier, l'ultime vœu de la famille Pomerleau.

Vous êtes prêts ?

Ils demanderont un... chalet ! Tadaaaam !

Bon, bon, bon. Vous êtes déçus. Vous aviez imaginé leur dernier vœu plus impressionnant, plus spectaculaire, plus drôle, plus fou? Vous aviez rêvé mieux pour les Pomerleau? Eux aussi, croyez-moi. Mais que voulez-vous? Albert ne pouvait vraiment plus supporter la présence de Bradoulboudour sous son toit. Il fallait en finir.

Précisons qu'Albert a tout de même déployé de gros efforts pour améliorer ses rapports avec Brad. Au retour de leurs vacances à Sarnia Beach, par exemple, il a tenu à faire quelques mises au point avec le génie. Question d'arranger les choses entre eux. De trouver un terrain d'entente. De joindre l'utile à l'agréable. Et puis, Brad avait tout de même une dette à rembourser, ne l'oublions pas. Albert, lui, ne l'avait pas oublié...

– Mon petit Brad, à partir d'aujour-d'hui, je vous demanderais de mettre la main à la pâte.

– Je ne suis pas très doué pour les desserts mais, pour vous, j'apprendrai.

– Brad, « mettre la main à la pâte », c'est une expression. Je veux que vous vous impliquiez dans les travaux de la maison. Je veux que vous nous aidiez. Vous comprenez ?

– Oh.

– Vous n'êtes pas à l'hôtel, ici. Vous n'êtes pas un touriste. Vous devez, vous aussi, accomplir quelques tâches.

– *No problemo, señor Alberto.*

– Cet après-midi, par exemple, vous allez tondre la pelouse. Êtes-vous d'accord ?

– *Si, señor Alberto.*

– Et tailler la haie de cèdres.

– *Yé vous férai dou beau boulot, señor Alberto.*

– Brad ?

– Si?

– Cessez ce ridicule accent.

– *Scusi, señor Alberto.*

Bradoulboudour était donc rempli de bonnes intentions. Mais parfois, la bonne volonté ne suffit pas. Disons, pour faire une histoire courte, qu'il faut un minimum d'habileté motrice pour manipuler une tondeuse à gazon et un sécateur électrique...

– BRAAAAAAAAD!!! Mais qu'avez-vous fait à ma haie de cèdres, nom de Dieu?!

– C'est pas un peu trop coupant, vos espèces de couteaux, Albert?

– Une haie qui mesurait plus de deux mètres!

– J'ai essayé d'égaliser.

– Et les lis? Où sont passés les lis, Brad? Les pétunias? Les roses? Les framboisiers?

Je vous épargne la suite. Un petit détour par Saint-Basile, rue des Platanes, vous démontrera rapidement les talents de jardinier du génie. Albert Pomerleau ne s'en est pas encore remis. Aussi, cet après-midi, quand celui-ci a retrouvé son atelier sens dessus dessous, la scie sauteuse rouillée parce qu'elle avait été oubliée par Brad dans le jardin et le plancher de bois fraîchement verni maculé de peinture rouge, Albert est monté du sous-sol en catastrophe. Il a alors placé sa famille devant un sérieux ultimatum :

– C'est Brad qui part de la maison ou c'est moi! a-t-il déclaré.

Huguette, Jules et Guillaume sont restés muets. Surpris. En état de choc.

– Vous ne dites rien? a demandé Albert, tendu comme une corde de violon.

– On réfléchit, p'pa.

– On doit faire un choix, c'est pas facile.

– Quoi? Vous vous demandez si vous gardez Brad ou si vous me gardez, moi?!

– Mais non, mon chéri. On réfléchit au troisième vœu à faire exaucer, voyons! C'est bien ce que tu veux, n'est-ce pas?

– Demandons-lui n'importe quoi, qu'on en finisse.

– Voyons, Albert, on ne va tout de même pas gaspiller un vœu!

– Un chalet, tiens! Ce sera parfait, un chalet. Ensuite, il partira et nous aurons LA PAIX!

– Pourquoi un chalet quand on pourrait avoir un château? s'est aussitôt désolé Guillaume.

– On pourrait même avoir un dragon dans notre château, a vite ajouté Jules.

– C'est vrai que ce serait *cool*, un dragon...

– Oh là, minute! s'est empressée de couper leur mère. Et qui s'en occupera, de votre dragon? Hein? Qui va le nourrir? Qui fera le grand ménage du château? Déjà que vos chambres sont toujours en désordre...

– On pourrait garder Brad pour nous aider, *mom*.

– Brad serait notre serviteur, notre cuisinier, notre chauffeur!

– Ça, j'avoue que c'est une idée..., a laissé tomber Huguette, songeuse.

– Mais je rêve ou quoi? a évidemment hurlé Albert. Je vous rappelle que si on s'empresse de formuler notre dernier souhait aujourd'hui, c'est justement pour se débarrasser de lui, une fois pour toutes! Il n'est absolument pas question de garder cette espèce de fauteur de troubles un jour de plus!

– Votre père a raison, les enfants. Après avoir exaucé le troisième vœu, Brad doit partir. C'est dans la pure tradition des génies. Et puis, un beau petit chalet, ce sera parfait pour nous, a ajouté Huguette, pas plus convaincue que convaincante.

– Et Brad nous quittera ce soir! a répété Albert, tout sourire. Plus de Brad! La vie sans Brad! Les matins sans Brad! Les midis sans Brad! Les soirs sans Brad! Quel bonheur! Quelle joie! Quelle délivrance! Aaaaaaaaaaaah!

Leur choix s'est donc arrêté sur un chalet. Fin de l'histoire.

Appelons ça un compromis. Dans les circonstances et surtout en ne perdant pas de vue que le génie Bradoulboudour devait absolument quitter la maison, on peut certainement affirmer qu'un tiens vaut mieux que rien.

Mais ne vous méprenez pas. Ce soir, les Pomerleau ne deviendront pas les propriétaires d'une vieille bicoque déglinguée. Oh que non! Loin de là! Ils se sont entendus pour demander au génie un chalet fort luxueux, au bord d'un lac, évidemment, rempli de truites, cela va de soi, mouchetées, pourquoi pas? Il y aura même un yacht, un quai, des pédalos, du sable doux, un grand terrain et le chant des ouaouarons en prime. Un endroit de rêve où tous finiront sans doute par trouver leur petit bonheur. Du moins, souhaitons-le...

Et puis, même si ce n'est pas tout à fait le troisième vœu que nous aurions choisi vous et moi, rien ne pourrait maintenant les faire changer d'avis. Le sujet est clos. L'affaire est classée. N'en parlons plus.

Ce soir, c'est-à-dire tout à l'heure, enfin, aussitôt que Bradoulboudour rentrera, cette histoire sera derrière eux. Le passage du génie ne sera plus qu'un souvenir dans leur vie et dans la vôtre.

Tel que convenu lors de son apparition chez les Pomerleau, Brad réalisera le troisième vœu et les quittera.

– Et où il ira, Brad, papa ? Il n'a pas de famille, pas de maison. Il n'a même plus de potiche.

– Ne t'en fais pas pour Brad, mon petit Jules. J'ai tout prévu, répond Albert, rayonnant. J'ai d'ailleurs une belle surprise pour lui dans mon bureau.

Albert quitte rapidement la cuisine et revient en tenant avec précaution un grand sac de papier qu'il dépose sur la table.

Il en sort délicatement le contenu…

– Voilà ! dit-il, l'air triomphant. Pas mal, non ?

– Qu'est-ce que c'est, au juste ?

– Voyons, Huguette ! Toi qui es antiquaire depuis des années, tu vois bien que c'est une potiche ! La réplique exacte de la potiche de Brad.

– C'est pas du tout la…

– Version fleurie, mais bon.

– C'est beaucoup trop petit pour Brad.

– Il se tassera un peu.

– Tu penses vraiment que Brad va accepter de rester là-dedans, papa?

– Tout à fait, Jules. Pourquoi tu lèves les yeux au ciel, Huguette?

– Parce que c'est du toc, Albert.

– Du toc, du toc… qu'est-ce qui te fait dire que c'est du toc?

– P'pa, oublie ça! Brad rentrera jamais dans ta bouteille *made in China*.

– Si j'étais un génie, je monterais à bord les yeux fermés, moi. Ça m'a l'air tout confort. Regardez, y a même un bouchon d'origine !

– Albert, c'est le bouchon de la bouteille de vin qu'on a ouverte hier soir.

– On n'a qu'à pas lui dire. Voici mon plan de match :

1. Brad exauce notre vœu ce soir.

2. Il rentre dans ma potiche, modèle de luxe, cinq étoiles.

3. On se dépêche de mettre le bouchon.

4. On va porter la potiche chez l'antiquaire.

5. Rien ni personne ne me fera changer mon plan de match !

Même si, dans quelques heures à peine, les Pomerleau verront leur troisième vœu réalisé, le cœur n'y est pas. Pas du tout, même. Comme quoi rien n'est jamais simple, chaque médaille a son revers et la nature humaine est pleine de contradictions.

Bien sûr, nous savons tous que le génie Bradoulboudour est envahissant. Il exige un certain luxe, impose ses propres désirs, occasionne de faramineuses dépenses et laisse traîner sa vaisselle sale un peu partout, mais personne n'est parfait, et Huguette, Jules et Guillaume se sont attachés à lui. « Nul doute que son départ laissera un vide immense », se dit Huguette, perdue dans ses pensées en ce moment. Elle n'a d'ailleurs pas entendu la sonnerie du téléphone...

– Maman, c'était Brad! crie Jules, la sortant brusquement de sa rêverie.

– Brad?! Au téléphone? Oh non! Lui as-tu parlé de notre dernier vœu? Lui as-tu dit qu'il partait ce soir? Qu'est-ce qu'il a répondu? Est-ce qu'il avait l'air triste? L'as-tu consolé? Pauvre petit Brad, il doit être dans un piteux état...

– J'ai pas eu le temps de lui parler, maman. Il a seulement dit qu'il ne viendra pas souper et il a raccroché.

– ENCORE! s'indigne Albert, apparaissant dans la cuisine. Il n'est pas venu souper à la maison de la semaine!

– Albert, tu ne vas quand même pas te plaindre parce que Brad n'est pas souvent à la maison ces derniers temps? S'il est avec nous, tu maugrées, s'il est absent, c'est encore pire. Faudrait te faire une idée!

– Huguette, tu connais beaucoup de génies qui travaillent dans un casse-croûte en attendant que leurs maîtres formulent leurs vœux?

– Je te rappelle, mon chéri, que c'est toi qui as forcé Brad à se trouver un emploi.

– Je te rappelle, mon amour, qu'il devait me rembourser le solde de ses petites vacances de luxe à Sarnia Beach, une haie de cèdres et une scie sauteuse.

– Paraît que Brad est le roi de la guedille à Saint-Basile, ajoute Jules, comme si c'était le moment.

– Le roi de la guedille! V'là autre chose...

– Ah oui! Brad a dit qu'il ne viendra probablement pas dormir à la maison.

– Qu'est-ce que tu racontes ? Il n'en est absolument pas question ! Un génie se doit de rentrer à la maison de ses maîtres tous les soirs ! Idéalement avant minuit. Depuis quand les génies se permettent toutes ces escapades ? Il dépasse les bornes, celui-là ! Et il va en entendre parler !

– Albert, calme-toi un peu. On lui demandera d'exaucer notre dernier vœu demain matin ou enfin... quand il rentrera. Une journée de plus ou de moins...

Est-il besoin de préciser qu'Albert n'écoute pas les conseils d'Huguette ?

– Oh ! ça ne se passera pas comme ça, c'est moi qui vous le dis ! C'est bien la peine d'avoir un génie s'il faut le courir partout !

À ces mots, Albert saisit rapidement son manteau, échappe son foulard et oublie ses gants.

– Où vas-tu ? lui demande Huguette, qui s'en doute un peu.

– Devine ! lui répond Albert en faisant claquer la porte derrière lui.

Mais il réapparaît aussitôt…

– Déjà de retour ? fait naïvement Huguette.

– Brad est encore parti avec la MG !

Derrière le comptoir du petit casse-croûte, le génie Bradoulboudour prépare de main de maître un spectaculaire club sandwich en sifflotant. Il n'a pas remarqué la présence d'Albert qui l'épie en se cachant derrière un menu depuis quelques minutes. Sur un tabouret, l'agent Duclos dévore un pudding chômeur sans lever les yeux. Bradoulboudour sourit à tous les clients et ne semble pas nerveux pour deux sous. Comme s'il avait été cuisinier dans un casse-croûte toute sa vie.

– Oh! Albert! lance-t-il soudain en apercevant son maître qui approche du comptoir. Café?

– Non, Brad.

– Frites ?

– Non, Brad, je…

– Guedille ?

– JE DOIS VOUS PARLER, BRAD !

Silence dans le casse-croûte. Albert a peut-être un peu trop haussé le ton ? Il regarde autour, désolé. Et comme l'agent Duclos semble vouloir mettre son gros nez indiscret dans leur conversation, Albert décide de s'adresser à Brad dans un langage codé :

– Brad, je suis venu pour le numéro 3.

– Ben voilà ! Il fallait le dire, Albert. Ce n'est pourtant pas compliqué.

– Idéalement, j'aimerais que vous vous exécutiez assez rapidement.

– Pas de problème.

Bradoulboudour saisit alors son calepin de commandes et le crayon placé sur son oreille droite.

– Nous disons donc un numéro 3. Avec frites ou taboulé ?

– Pardon ?

– Ce n'est pas que je veux me mêler de ce qui ne me regarde pas, mais si j'étais vous, je prendrais plutôt un numéro 6, intervient Duclos, à qui Albert n'a pourtant rien demandé. C'est une invention de Brad et c'est délicieux, poursuit-il.

Albert tente de se contenir mais manifeste clairement son impatience envers l'agent Duclos, qui voulait bien faire. Il revient à Bradoulboudour. Ce dernier n'a visiblement pas saisi son message au sujet du troisième vœu. Le génie, trop content de partager sa nouvelle passion avec Albert, ne l'écoute pas du tout.

– J'ai inventé une nouvelle sorte de poutine, Albert. Vous voulez peut-être y goûter?

– Je pense que vous n'avez pas compris ce que je voulais dire, Brad, nous...

– En fait, je remplace les frites par des pois chiches, la sauce brune par une sauce tomate pimentée et le fromage par du poulet, le tout servi sur de la semoule de blé.

– Brad, c'est du couscous au poulet, ce n'est pas votre invention et vous le savez très bien.

– Tut, tut, tut!

– Je ne suis pas ici pour parler cuisine, vous m'entendez, Brad?

Et, se penchant à l'oreille du génie, Albert lui chuchote en appuyant bien sur chaque syllabe:

– Nous a-vons dé-ci-dé de no-tre troi-siè-me vœu!

– Oh!

– Je vous demande de rentrer immédiatement après le travail, Brad. Nous pourrons, enfin... vous pourrez tout finaliser, si vous voyez ce que je veux dire.

– Ce soir? Hmmm...

Bradoulboudour jette un œil en direction de l'agent Duclos. Duclos regarde plus loin, question de faire semblant qu'il n'écoute pas leur conversation.

– Ce soir, ce sera difficile, Albert. Je ferme le casse-croûte à 20 h et j'ai...

Brad s'arrête, mal à l'aise. Il sent qu'il en a déjà trop dit.

– Oui? fait Albert.

– J'ai quelque chose de prévu. Je suis désolé. Je suis attendu à...

– 20 h 30 ! affirme Duclos, toujours sans les regarder.

– Mais vous n'avez pas le choix, Brad ! Vous devez rentrer à la maison, ordonne Albert. Dois-je vous rappeler qui vous êtes ? ajoute-t-il tout bas.

– On pourrait se reprendre demain ? ose le génie.

Albert soupire.

– Bon. Très bien. À quelle heure ? finit-il par concéder.

– Demain soir ?

Cette fois, Duclos lui lance un regard sévère.

– Ah non ! Désolé. Demain soir, je ne pourrai pas non plus.

– Brad, je peux savoir ce que vous magouillez ?

– Enfin, demain, ce serait possible, mais seulement...

– Après 22 h, complète Duclos. Si tout va bien, évidemment.

– Bon, alors vendredi. Mais pas un jour de plus !

Dans le casse-croûte, les clients commencent à s'impatienter sérieusement de la lenteur du service. Bradoulboudour le comprend et, cette fois, c'est lui qui s'excuse auprès d'eux.

– Nous reparlerons de tout cela, Albert, d'accord ? J'ai des clients affamés qui attendent.

– Brad, j'ai toujours essayé d'être conciliant avec vous, mais...

– Je sais, Albert. Et je vous apprécie. Vous êtes un frère pour moi, je vous l'ai souvent dit, répond le génie en se dirigeant vers la petite table au fond du casse-croûte.

– Je veux votre parole, Brad, ajoute Albert en trottinant derrière le génie. Vous serez là vendredi, n'est-ce pas ?

Je peux compter sur vous? Je peux vraiment vous faire confiance?

– Parole de génie! lance Bradoulboudour en levant la main gauche puisque l'autre verse du café.

– Euh… dernier détail, Brad.

– Oui?

– Vos amis qui téléphonent sans arrêt à la maison, c'est très dérangeant. Vous ne pouvez pas leur donner votre horaire?

– Un téléphone cellulaire serait la solution, Albert. Je vous l'ai dit mille fois, mais vous vous obstinez…

Albert attache son manteau nerveusement. «Vendredi…, se dit-il, il faut le supporter encore jusqu'à vendredi soir. Je dois tenir le coup jusque-là!»

On est vendredi soir. «Enfin!» soupire Albert. «Déjà...», pensent les trois autres. Huguette a rassemblé les menus articles de Brad, qu'elle a placés au milieu du salon. Elle y a ajouté une surprise : une machine à maïs soufflé, qu'elle a dissimulée parmi ses bagages. Sur la télé trône la bouteille d'Albert, enfin, la future nouvelle potiche de Brad. Jules a rédigé une petite lettre d'adieu qu'il a glissée dans la potiche. Guillaume a emprunté la caméra vidéo des parents de sa copine Anne-Marie pour immortaliser les derniers instants de Brad à la maison.

Ils sont tous là, au salon, silencieux. Ils l'attendent...

Fidèle à sa parole, à 21 h 10, Bradoul-boudour entre chez les Pomerleau. Il a l'air épuisé. C'est qu'il n'arrête pas beaucoup, notre ami. Son travail au casse-croûte et ses mystérieuses activités qui se poursuivent souvent jusqu'à très tard ne lui laissent pas tellement le temps de souffler. Mais il est venu, comme promis, et c'est tout ce qui importe.

– Brad, vous êtes bien pâle..., s'inquiète aussitôt Huguette en le voyant entrer. Que se passe-t-il?

– Ce... ce n'est rien, lui répond le génie en s'affalant sur le divan.

– Vous avez l'air crevé, mon pauvre.

– On est vendredi et je suis là, fait Brad, les yeux mi-clos.

– C'est tout à votre honneur, lui répond Albert. Ne perdons pas une minute!

– Quel est donc ce troisième vœu, Albert ? demande Brad, entre deux spectaculaires quintes de toux.

– Vilaine grippe ! fait Huguette en plaçant aussitôt une couverture de laine sur les épaules du génie. Je dirais même vilaine bronchite. Je n'aime pas du tout cette toux, Brad. Vous devez vous soigner.

– Vous êtes bonne pour moi, Huguette...

Faisant fi de la grippe de Brad, Albert enchaîne rapidement. Il ne faudrait tout de même pas oublier la raison de cette petite réunion de famille.

– Nous voulons un chalet, Brad, laisse aussitôt tomber Albert Pomerleau. C'est décidé.

– Un quoi ? demande Brad, déconcerté.

– Un chalet.

– Un chalet?

– Exact.

Bradoulboudour ne bronche pas.

– Qu'est-ce qui se passe encore?
Vous avez un problème avec les chalets?
Vous pouvez réaliser tous les autres
vœux sauf les chalets, peut-être? C'EST
QUOI LE PROBLÈME AVEC LES CHALETS,
BRAD?

– C'est que…

– Quoi?

– Je me demande seulement pourquoi vous satisfaire d'un chalet quand
tout est possible pour vous. Je ne comprends pas votre choix.

– Tu vois, p'pa? C'est exactement
ce que je disais! Moi, j'avais pensé
vous demander un château, précise
Guillaume au génie.

– Avec un dragon, ajoute Jules.

– Ben voilà! fait Brad. Un château avec des tours, une herse, un pont-levis, un donjon, des mâchicoulis, des oubliettes, un dragon, des armures, des épées. C'est plus dans mes cordes. Un chalet, vraiment, Albert... Vous n'y pensez pas. Et dire que vous avez refusé Bora Bora...

– Mais de quoi vous mêlez-vous, Brad? Les génies n'ont pas à discuter des goûts de leurs maîtres!

– Quand leurs maîtres ne semblent pas réaliser la chance qu'ils ont, les génies ont le devoir de les éclairer, Albert.

Un frisson parcourt l'échine de Bradoulboudour. Il n'a vraiment pas l'air bien du tout.

– Albert, mon chéri..., chuchote Huguette. Je crois que notre ami n'a pas l'humeur et encore moins l'énergie pour réaliser un vœu ce soir. Regarde-le...

– Ça va, Huguette, coupe aussitôt Bradoulboudour. J'ai promis à Albert de (*quinte de toux*) réaliser votre (*autre quinte de toux*) dernier vœu (*encore une quinte*) et je vais le faire.

– Alors ne perdons pas de temps! tranche Albert, impatient d'en finir. Allez-y!

– En souhaitant évidemment qu'il n'y ait pas de conséquences fâcheuses..., ajoute Bradoulboudour en fixant les motifs du tapis persan.

Silence. Tous se regardent, intrigués par cette dernière phrase de Bradoulboudour.

– Bon. Que voulez-vous dire par «conséquences fâcheuses»? demande Albert.

– Voyez-vous, les génies doivent être au sommet de leur forme quand ils réalisent un vœu. C'est primordial.

– Qu'est-ce que vous inventez encore?

– Je me souviens d'avoir complètement bousillé le deuxième vœu du grand vizir Jamil à cause d'un simple mal de dents. Oh là là! quelle histoire! On a dû réparer les dégâts pendant des semaines, que dis-je? Pendant des mois…

– Quelle imagination, Brad!

– Je me demande même si, à l'heure où nous nous parlons, le grand vizir Jamil s'est débarrassé de tous ces scorpions venimeux que j'avais malencontreusement fait apparaître au palais ce jour-là. Quel gâchis!

– Vous tentez encore de vous esquiver…

– C'est un fait, Albert: l'élévation de la température du corps fait dévier les pouvoirs du génie. C'est un phénomène physique encore inexpliqué jusqu'à ce jour. Nul ne peut prévoir ce qui peut arriver. Il en résulte parfois des effets… comment dire… ?

– Je ne vous crois pas.

– Prenons le risque, alors. Je vous aurai prévenus. Donc vous voulez un chalet. C'est bien ça ?

– NOOON, BRAD ! ATTENDEZ ! hurle aussitôt Huguette. Je ne veux pas de scorpions dans la maison, tu m'entends, Albert ? Vérifions sa température d'abord !

Huguette place aussitôt sa main sur le front bouillant du génie, Albert court chercher le thermomètre et, quelques minutes plus tard, le verdict tombe. Fatal. Brad fait près de 40 degrés de fièvre.

– Je peux toujours essayer, insiste Brad pour la forme. On verra bien ce que ça donnera…

– Laissez tomber, Brad, murmure Albert, abattu.

– Je vous prépare un mélange de miel, d'eau chaude et de citron, s'empresse de dire Huguette. Étendez-vous. Surtout, détendez-vous. Vous avez travaillé beaucoup ces derniers jours. Et puis vous rentrez trop tard le soir. Qu'est-ce que vous faites, au juste?

– J'ai froid.

– Voici une autre couverture.

– J'ai soif, Albert, je pourrais avoir un peu d'eau?

– Oui, Brad.

– Pouvez-vous mettre un petit film aussi?

– Oui.

– Un western.

– Je n'en peux plus…, grogne Albert en cherchant le DVD.

– Qu'est-ce que vous dites, Albert?

– *Le bon, la brute et le truand*, ça vous va?

Albert répond une fois de plus aux mille petits désirs du génie. Il se dirige ensuite vers son bureau mais revient vers Bradoulboudour quelques minutes plus tard. Il appuie sur le bouton PAUSE du lecteur et plonge ses yeux dans ceux du génie.

– Oh noon! Albert! Qu'est-ce que vous faites? Juste au moment du duel!

– Mon cher Brad, j'ai une question pour vous: les génies de votre espèce auraient-ils, par hasard, le pouvoir de trafiquer les thermomètres?

– Qu'allez-vous insinuer, Albert ? demande Brad, offensé. Que je ne suis pas vraiment malade ?

– Je crois que vous somatiser, Brad ! Vous savez très bien qu'une fois notre dernier vœu exaucé, vous devrez partir de la maison pour toujours. Alors pour y échapper, vous vous fabriquez inconsciemment une petite maladie.

– Vous doutez de moi ? Moi qui serais prêt à tout pour vous rendre heureux, Albert... Moi qui vous aime d'un amour fraternel. Moi qui veux votre bien et le bien de votre famille par surcroît.

– Oh... et puis laissez tomber !

« À quoi sert de discuter avec lui ? se dit Albert. Ignorons-le. Oublions-le... »

– Vous ne regardez pas le western avec moi, Albert ?

– Non, Brad.

– Même pas un tout p'tit peu ?

Albert s'enferme dans son bureau et tente de penser à autre chose. Il y parvient. Il réussit même à se concentrer sur son travail. Une heure plus tard, Huguette entre en catastrophe. Cette fois, rien ne va plus.

– C'est Brad! dit-elle, affolée.

– Qu'est-ce qu'il a encore fait, celui-là?

– Il faut l'emmener d'urgence à l'hôpital, Albert. Il ne va pas bien du tout.

– MAMAN, VIENS ICI!

– Brad t'appelle «maman»? Il a perdu la boule ou quoi?

– Sa température a dû grimper; il délire.

– Paquet de troubles!

5

Ils sont tous là. Au chevet du pauvre Brad. Huguette, Jules, Guillaume et, oui, bon, Albert est là aussi. Le diagnostic du médecin est tombé dès l'arrivée de Bradoulboudour à l'urgence de l'hôpital: pneumonie double, anémie sévère, surmenage. Son état est sérieux, mais il est hors de danger. Le médecin affirme qu'il pourra retourner à la maison d'ici quelques jours, mais qu'il lui faudra du repos. Beaucoup de repos.

– Il ne va pas mourir, Brad, hein, maman? s'inquiète Jules.

– Mais non, mon petit homme. Les génies ne meurent jamais, c'est bien connu.

– Et habituellement les génies ne sont pas malades non plus, grogne Albert. Mais le nôtre a une santé fragile. Le nôtre est claustrophobe, il a peur de l'eau, il est allergique à la poussière et au poil de chat. Il fait du surmenage, il est anémique et est incapable de se servir de ses dix doigts.

– Albert, ce n'est pas le moment…, gronde Huguette.

Au creux de son petit lit blanc, Brad murmure :

– Je… je vais tenter d'exaucer le troisième vœu de votre famille tout de suite, Albert, au cas où le pire arriverait. On ne sait jamais…

– Allons, Brad, s'empresse de lui répondre Huguette. Avec les antibiotiques, vous serez sur pied dans quelques jours.

– Vous croyez vraiment, Huguette ?

– C'est mon vœu le plus cher, Brad.

– HUGUETTE, qu'est-ce que tu racontes ?! s'empresse de couper Albert, craignant que Brad ne prenne l'affirmation de sa femme pour leur troisième souhait.

– S'il fallait sauver Brad par notre dernier vœu, je le ferais, avance Huguette.

– Moi aussi, ajoute Jules.

– C'est clair que j'accepterais aussi, précise Guillaume.

Tous se retournent vers Albert.

– Pourquoi vous me regardez ? Évidemment que j'utiliserais le troisième souhait pour sauver la vie de Brad. Qu'est-ce que vous croyez ?

– Vous êtes tous formidables…, murmure Brad, juste avant de plonger dans un profond sommeil.

* * *

Tôt le lendemain matin, Huguette croise le docteur Gagnon dans le corridor de l'hôpital. Remarquant son air anxieux, il s'arrête et prend le temps de lui donner des nouvelles de Bradoulboudour.

– Rassurez-vous, votre mari va beaucoup mieux, madame Boudour...

– Euh... non, je ne suis pas madame Boud...

– Il a fait un impressionnant délire la nuit dernière, mais il s'est calmé aujourd'hui.

– Un délire ? Quel genre de délire ?

– Il racontait aux infirmières qu'il était un génie, ajoute le docteur, encore amusé par le souvenir des récits de Bradoulboudour.

Huguette éclate aussitôt d'un grand rire sonore. Un rire nerveux. Le docteur Gagnon la regarde, surpris de sa réaction un peu trop émotive...

– Et… il a dit autre chose ? demande Huguette, cachant mal sa fébrilité.

– Allons, allons, madame Boudour. Ne vous inquiétez pas. Avec une telle montée de fièvre, il arrive fréquemment que les patients soient confus.

– De là à se prendre pour un génie…

– J'avoue que son délire à lui était particulier. Les infirmières se bousculaient pour entendre son récit. Il parlait de potiche, de vœux, de grand vizir, de sultan, de palais doré, rien de bien cohérent, finalement. N'empêche que c'était passionnant.

– Personne n'a cru un mot de ses histoires, n'est-ce pas ?

– Pardon ?

– Personne ne pense que c'est un vrai génie de potiche ?

– Que voulez-vous dire ?

Huguette panique sérieusement. Un peu chancelante, elle suit le docteur Gagnon jusqu'à la chambre de Brad.

– Bien! conclut le médecin, après un bref examen. La fièvre est enfin tombée, vous pourrez quitter l'hôpital demain. Mais attention! Il faudra garder le lit encore quelques jours. Vous êtes très fatigué. Il y a des moments dans la vie où il faut apprendre à se laisser gâter un peu, monsieur Boudour.

– Oh, vous savez, c'est plus dans ma nature de gâter les autres…, lui répond aussitôt le génie.

– Cette fois, il faudra penser à vous.

– Pas facile…

– Vous n'avez pas le choix.

Le docteur Gagnon ferme le dossier. En quittant la chambre, il se penche vers Huguette et lui murmure:

– Il faudrait vous reposer aussi. Vous semblez tendue, madame Boudour.

– Je ne suis pas madame Boud...

– Prenez quelques jours de vacances. Ordre du médecin.

Aussitôt que le docteur quitte la chambre, Huguette vient s'asseoir sur le bord du lit.

– Vous avez entendu ce qu'a dit le docteur ? Il faut vous reposer. Oubliez notre troisième vœu pour le moment...

Huguette arrête net. Juste à temps. Un visiteur imprévu entre dans la chambre. C'est l'agent Duclos, camouflé derrière un énorme bouquet de fleurs écarlates. Morissette le suit. Il a la tête de celui qui aimerait mieux être ailleurs...

– Oh ! fait Brad, sincèrement ému, mes bons amis policiers. Comme c'est gentil de me faire cette petite visite !

– Duclos, je te répète qu'on ne devrait pas être ici sur les heures de patrouille! enchaîne aussitôt Morissette en déposant une boîte de chocolats sur la table de chevet.

– Je sais, sergent, mais…

– Qu'est-ce que tu fais, Duclos?

– Rien, sergent, je…

– Tu ne t'assois pas sur le lit du malade et tu ne bois pas dans son verre d'eau contaminée!

– Bien, sergent.

– Et on n'ouvre pas la boîte de chocolats!

– Juste un petit, sergent.

Duclos, la bouche pleine, se retourne vers Brad, lui offre un chocolat et lui pose la question qui lui brûle les lèvres et qui est, en fait, le but de sa visite à l'hôpital:

– Pour jeudi soir, je suppose que c'est foutu?

Brad le regarde, mal à l'aise, jette un œil vers Huguette et chuchote au policier:

– Je ferai tout ce que je peux pour y être...

Huguette s'approche un peu, tentant de saisir quelques bribes, mais Morissette, impatient, coupe court à la conversation. Duclos remet sa casquette de policier, prend un dernier petit chocolat pour la route et quitte la chambre. Huguette s'empresse de sortir le bouquet de Duclos, qui dégage une insupportable fragrance de bombe aérosol bon marché. Pendant qu'elle essaie d'ouvrir la fenêtre pour aérer un peu la chambre, on apporte un deuxième bouquet pour Brad, puis un magnifique panier de fruits exotiques.

Décidément...

« Mais de qui proviennent tous ces cadeaux ? » se demande Huguette. Brad aurait-il des admirateurs ? Ou des admiratrices ? Bradoulboudour a peut-être un amour secret, qui sait ? Il faut bien admettre que le génie est un homme charmant, galant, brillant et tout. Et s'il était amoureux ? Cela expliquerait sans doute qu'il rentre si tard... Toute la famille s'entend pour dire que Brad leur cache quelque chose ces derniers temps, mais leur cacherait-il plutôt quelqu'un ou quelqu'une ? Huguette aimerait bien pouvoir poser la question au principal intéressé, mais celui-ci s'est endormi.

Profitera-t-elle du sommeil de Bradoulboudour pour commettre une toute petite indiscrétion ? Ouvrira-t-elle les enveloppes attachées aux cadeaux afin de connaître l'identité de ceux qui les lui envoient ? Après tout, c'est SON génie. Elle a bien le droit de savoir. Elle peut bien glaner quelques indices ici et là, non ?

Huguette s'approche du lit sur la pointe des pieds et se penche au-dessus de Bradoulboudour. Sa respiration est lente. La voie est libre. Brad dort d'un profond sommeil. Doucement, Huguette saisit une première enveloppe, jette un œil nerveux en direction de Brad qui vient de tousser.

Elle attend un peu… sort rapidement la petite carte et y lit ceci :

> *Guéris vite, Brad !*
>
> *Tu dois être là jeudi.*
> *Ça va cogner !*
>
> Jayson et le gang de La Boule Noire

Le cœur d'Huguette fait trois tours. Elle relit la carte, pèse chacun des mots, puis replace rapidement l'enveloppe.

Rien n'y paraît. « Le gang de La Boule Noire… », se répète-t-elle.

Évidemment, l'envie irrésistible de lire l'autre petite carte, celle accrochée au panier de fruits exotiques, est trop forte. C'est probablement ce que vous feriez aussi si votre génie vous faisait des cachotteries.

Huguette se dit qu'elle avouera son indiscrétion à Brad plus tard. Peut-être bien. Enfin, elle verra. Elle ouvre donc la deuxième enveloppe. Rien à craindre : Bradoulboudour ronfle comme un hippopotame en ce moment.

Huguette s'empresse de lire le texte, écrit avec soin d'ailleurs.

Vous me manquez déjà, Brad.

*Une seule journée sans vous
et le soleil disparaît.*

*Je sais que vous ne ferez
qu'une bouchée de
Jack Flemming, jeudi prochain.*

J'ai confiance. Le savez-vous?

Mimi Larochelle xx

– Pourquoi me regardez-vous comme ça, Huguette? demande Brad en se réveillant, une demi-heure plus tard.

Huguette se tait. Pour le moment, du moins.

Le téléphone sonne chez les Pomerleau. Un classique à l'heure du souper depuis quelques jours. Dix-huitième sonnerie en moins d'une heure. Et toujours pour la même personne ! Je vous laisse deviner qui. On s'inquiète pour Brad. On s'agite. On panique. Comme si la Terre menaçait de s'arrêter de tourner parce que monsieur Bradoulboudour est un peu mal en point. Dix-huitième sonnerie, donc. Peut-être davantage, on ne les compte plus. Chose certaine, il y a vraiment de quoi s'impatienter. Et quand on connaît la patience d'Albert...

– Cette fois, on ne répond pas ! lance-t-il. C'est sûrement pour Brad encore ! Je ne suis pas son secrétaire !

– C'est peut-être un client, mon chéri.

– Ou Anne-Marie...

– Ou grand-maman.

La sonnerie insiste. Il est clair que la personne à l'autre bout du fil n'abandonnera pas. Albert saisit le téléphone et répond en soupirant bruyamment.

– Oui, allô? Qui? Évidemment que je me souviens de vous, Duclos! Ce soir? Non, je ne pense pas. Brad est toujours cloué au lit...

– Si c'est mon ami Duclos, je dois absolument lui parler! hurle Brad du fond de la chambre. Apportez-moi le téléphone, Albert.

Albert s'exécute. Quelques minutes plus tard, Bradoulboudour apparaît devant les Pomerleau. Il a quitté le lit, son pyjama, ses pantoufles et ses airs de grand malade.

– Mais qu'est-ce que vous faites, Brad? Vous n'allez tout de même pas sortir ce soir? s'affole Huguette. Vous avez entendu les recommandations du médecin? Il faut garder le lit encore quelques jours!

– Je... je n'ai pas le choix, bafouille Bradoulboudour.

– Où allez-vous?

– Pardon?

– Et avec qui?

– Joli, votre chemisier, Huguette. C'est nouveau, non?

– Oh là, m'sieur Brad! hurle alors Albert en lui barrant le chemin. Si vous êtes en forme pour sortir, mon cher, vous l'êtes aussi pour exaucer notre troisième vœu! Simple logique.

– Je n'ai pas le temps d'être logique, Albert. Croyez-moi. On m'attend, c'est urgent.

– Brad, vous deviez exaucer notre vœu aussitôt que vous seriez rétabli !

– Je sais. J'exaucerai votre vœu demain matin. À la première heure. Au déjeuner, tiens ! Je vous le jure ! Croix de bois, croix de fer.

Sans argumenter davantage, Bradoulboudour quitte la maison et saute dans la MG.

– Il nous cache quelque chose de grave, Albert. Je le sens. On devrait le suivre.

On entend vrombir le moteur de la voiture. Albert Pomerleau ne bronche pas. Pas question pour lui d'espionner Bradoulboudour.

– Je suis très inquiète, Albert.

– Voyons, Huguette, il ne tousse même plus.

– Je ne parle pas de sa santé…

– C'est pas toi qui dis toujours qu'on doit lui faire confiance ? Qu'il doit voler de ses propres ailes ?

Huguette se tait. Hésite un moment. Son mari est-il prêt à entendre les révélations qu'elle est sur le point de lui faire ?

– Tout me porte à croire que Brad est en danger, Albert. Voilà. Je pense qu'il est mêlé à une histoire un peu louche.

– Qu'est-ce que tu racontes, Huguette ?

– As-tu déjà entendu parler du « gang de La Boule Noire » ?

– Le quoi ?

– Brad les rencontre ce soir.

– D'où tiens-tu tes informations, Huguette ? Tu joues les Hercule Poirot ou quoi ?

– Paraît que «ça va cogner!»

– Qui va cogner qui ?

– On est un peu responsables de lui, Albert.

– Arrête de t'en faire, l'agent Duclos est toujours avec lui.

– Tu trouves vraiment que c'est rassurant de le savoir avec Duclos ?

Et pendant qu'Albert et Huguette Pomerleau discutent, bien au chaud dans leur salon, Bradoulboudour fonce à vive allure dans la froide nuit automnale.

Rassurez-vous, le génie est rentré sain et sauf. Les ronflements qui montent de la chambre du fond en sont une preuve irréfutable. Ce matin, entre Huguette et Albert, le mot d'ordre est clair: on ne lui pose pas de questions. On ne le brusque pas. Bien sûr, ils tenteront de lui soutirer quelques informations, mais le plus subtilement du monde. Surtout pas d'interrogatoire en règle. Il faut y aller avec beaucoup de tact et de doigté. Dans un climat de confiance, Bradoulboudour ouvrira son cœur, se confiera et exaucera le troisième vœu. C'est du moins la théorie avancée par Huguette, hier soir. Albert a approuvé. Il a promis de rester calme et discret. Oui, bon, je sais ce que vous pensez, mais il faut lui faire confiance...

Pour le moment, Huguette et Albert Pomerleau déjeunent tranquillement. Après tout, on est samedi. Et avec la nuit chargée d'inquiétudes qu'ils ont passée, ils peuvent bien se détendre un peu.

Quand ils entendent les pantoufles qui glissent sur le plancher du corridor, la tension monte d'un cran. Brad apparaît. Impossible d'affirmer avec certitude qu'il est réveillé, mais il est debout, ce qui est déjà quelque chose.

Albert lève aussitôt le nez de son journal et, accomplissant un effort sur-humain, il regarde le génie, lui décoche un magnifique sourire et lui lance :

– Bon matin, mon petit Brad !

Difficile de croire à ce soudain chan-gement de comportement de la part d'Albert, mais Huguette est soulagée. Il met son plan à exécution. Il tient sa promesse. Tout va bien.

– Bien dormi, mon bon ami ? demande Albert, qui en fait peut-être un peu trop, là.

Bradoulboudour grogne un son qui ressemble à un oui, encore que tout porte à croire le contraire, si on en juge par ses yeux mi-clos, ses larges cernes et ses traits tirés.

– Je vous fais deux œufs avec bacon, Brad ? s'empresse d'ajouter Albert, décidément bien intentionné.

– Euh...

– Après la soirée que vous avez passée hier, vous avez sûrement besoin de prendre des forces, n'est-ce pas ?

– En effet.

– Et qu'est-ce que vous avez fait hier soir, déjà ? demande Albert.

– Il y a du café chaud ?

On le devine, Albert ne peut vraiment pas tenir plus longtemps. Chassez le naturel, il revient vite au galop, c'est bien connu.

– On peut savoir où vous êtes allé hier soir, Bradoulboudour ? On peut savoir dans quel pétrin vous vous êtes encore jeté ?

Huguette soupire et lève les yeux au ciel. Brad ne répond pas. Il s'assoit à la table, verse deux petites cuillerées de sucre dans son café et fixe le pot de gelée de framboise en bâillant.

– J'espère seulement que vous n'avez pas oublié ce que vous devez faire ce matin, BRAD ! poursuit Albert, qui ne lâchera pas prise.

– Hmmm ?

– Qu'avez-vous promis de faire ce matin ?

Bradoulboudour réfléchit, ou du moins, c'est ce qu'il veut laisser croire. Il tente même une réponse :

– J'ai promis de passer l'aspirateur ?

– Mauvaise réponse, Brad.

– Nettoyer l'aquarium ?

– Encore une mauvaise réponse !

– Le grand ménage du garage ?

– EXAUCER NOTRE TROISIÈME VŒU, BRAD !!! EXAUCER LE TROISIÈME VŒU !

– Ça va, ça va, Albert. C'est vraiment pas la peine de crier. J'ai eu un petit trou de mémoire. Ce sont des choses qui arrivent, non ?

– Alors, maintenant que votre amnésie est guérie, exaucez notre troisième vœu. Et que ça saute !

– Tout de suite ?

– Si c'est pas trop vous demander, évidemment.

– Meuh non, ce sera un plaisir, voyons.

– Alors, allez-y, mon cher!

– Bien.

Brad se lève. Il se dirige lentement vers le garde-manger, saisit la boîte de *Froot Loops* et revient à la table, toujours en traînant les pieds.

– Je peux savoir ce que vous faites, Brad?

– Vous ne voulez tout de même pas que je travaille l'estomac vide? Que je tombe en crise d'hypoglycémie au beau milieu de la réalisation de votre troisième vœu?

– C'est pas vrai!

– Vous savez que tous les matins, le grand vizir Jamil me préparait lui-même un bol de muesli? Il y ajoutait parfois des pruneaux séchés ou des figues de son jardin...

– Je ne veux pas connaître la recette de muesli de votre grand vizir machin, Brad !

Huguette envoie un regard sévère à son mari, le priant d'être conciliant avec le génie. La fin est proche, après tout. Évidemment, Albert ne se soucie pas des recommandations de sa femme.

– Exaucez ce dernier vœu qu'on en finisse, Brad ! Vous mangerez vos *Froot Loops* dans votre potiche, un point c'est tout.

– Bon, bon, bon, fait Brad, délaissant à contrecœur son petit déjeuner. Alors, on y va, puisque monsieur semble incapable d'attendre...

Bradoulboudour se lève. Cette fois sera la bonne.

– Si je me souviens bien, vous m'avez demandé un château, c'est bien ça ? Avec ou sans le dragon ? C'est une option, le dragon. Il est inclus dans le donjon. Il vient avec une litière et un sac de nourriture.

– Nous voulons un chalet au bord d'un lac et vous le savez très bien !

– Ah oui, le chalet. Quelle idée ! Pas étonnant que j'aie oublié...

– BRAD, TÉLÉPHOOOONE !

Bradoulboudour regarde l'heure, s'affole et saisit rapidement le combiné que lui tend Jules. Au téléphone, le génie s'excuse mille fois, raccroche et file s'habiller en courant.

– Désolé, j'ai une réunion importante ! lance-t-il. On reparlera de votre vœu ce soir, Albert. Promis.

Albert se lève d'un bond. Cette fois, il est hors de question de laisser filer le génie.

– Brad, je vous préviens : si vous quittez la maison sans avoir exaucé notre troisième vœu, je mets la police à vos trousses!

– C'est justement l'agent Duclos qui m'attend, Albert!

– Vous serez accusé de fausse représentation et votre Duclos, de complicité. Nous irons devant le tribunal et je gagnerai ma cause! Vous serez banni à vie de l'ordre mondial des génies. Je téléphone à mon avocat immédiatement!

Mais Brad n'entend rien.

– À ce soir, mes amis! Je ne vous oublierai pas. Promis.

Plantée au beau milieu de la cuisine, Huguette Pomerleau réfléchit. Albert fait les cent pas autour d'elle comme un ours en cage. La solution semble évidente.

– On ne pourra jamais se débarrasser de lui, Huguette. Je le sens. Oublions le troisième vœu, c'est tout!

– Voyons, Albert! Le seul moyen qu'il parte, c'est justement qu'il réalise le dernier souhait!

Albert ne réplique pas. Il descend rapidement au sous-sol et apparaît avec un coffre rempli d'outils.

– Qu'est-ce que tu fais, Albert?

– JE CHANGE LES SERRURES! Ce fauteur de troubles ne mettra plus jamais les pieds ici, tu m'entends? Plus jamais.

Mais Huguette a peut-être une autre solution…

Attablée depuis près de deux heures, Huguette Pomerleau consulte l'annuaire téléphonique, note des numéros sur un bout de papier et fait discrètement quelques appels. Pendant ce temps, dans la pièce d'à côté, Albert tempête de plus belle. Précisons que le dossier des serrures n'avance pas beaucoup. Pour tout dire, Albert a complètement abîmé la porte, mais la serrure est toujours là. Solidement fixée. C'est 1 à 0 pour la serrure.

Quand Huguette voit apparaître son mari penaud, dans la cuisine, elle lui tend une petite note:

– J'ai trouvé la solution, mon amour.

– Huguette, je n'ai pas du tout l'intention de demander de l'aide ! lui répond aussitôt Albert, dont l'orgueil est rudement mis à l'épreuve. Je vais y arriver tout seul.

Il ouvre la porte du frigo, se verse une rasade de limonade bien froide et vient s'asseoir à la table. Cette fois, il lit la note qu'Huguette place sous ses yeux.

– La Taupe ? Qu'est-ce que c'est ? s'informe tout de même Albert.

– Un détective privé, mon amour. On va faire appel à ses services.

– Qu'est-ce qu'un détective privé peut faire pour mon problème de serrure ?

– Albert, plutôt que de changer tes serrures et de jeter Brad à la rue, on va engager la Taupe qui suivra le génie et nous fera un rapport détaillé de ses activités nocturnes. On saura tout et

on pourra intervenir à temps. Ensuite, à nous le troisième vœu! Génial, non?

– Tu veux payer un détective privé pour suivre cette espèce d'andouille de génie?

– Il en va de notre dernier vœu, Albert. Brad est naïf, je suis certaine qu'il est impliqué dans une histoire qui pourrait mal tourner. Je ne veux pas perdre notre dernière chance.

– Mais c'est complètement insensé, Huguette! Encore des frais! Des frais, des frais, des frais!

– Seulement quelques misérables petits dollars pour avoir le chalet de tes rêves; penses-y, Albert...

– Pas question d'engager un détective, Huguette.

– Qu'est-ce que tu proposes, alors ?

Albert réfléchit. À moins qu'il ne pense à sa serrure ? Ou peut-être qu'il boude. Enfin, en ce moment, c'est un peu difficile de le cerner, celui-là...

– Albert, je t'ai posé une question. Qu'est-ce que tu proposes de mieux qu'un détective privé ?

Il reste muet. Ce qui finit par irriter Huguette au plus haut point.

– Albert Pomerleau !

– Je vais faire le détective, moi.

– Toi ?

– Oui, madame. Pas question de payer qui que ce soit. Ce sera la filature du siècle, crois-moi. Tu veux tout savoir ? Tu sauras tout. Ma mission commence ce soir. Je vais le coincer !

Huguette sourit. Albert Pomerleau, détective, pourquoi pas? Et puis, l'idée d'accompagner son mari dans cette mission l'amuse aussi.

Albert porte l'imper beige classique des détectives privés. Huguette l'a dégoté dans une friperie cet après-midi. Elle porte exactement le même. Ils ont des verres fumés aussi. Bref, tout pour se faire remarquer. Huguette a tenté d'ajouter un dernier détail à leur déguisement de détective qui, selon elle, pourrait faire toute la différence...

– Pas la perruque rousse, Huguette! a tranché Albert.

– J'y tiens. Brad ne doit pas nous reconnaître. J'ai même une fausse moustache ici.

– Huguette, tu exagères! On ne sortira pas de la voiture! À la limite, personne ne nous verra.

– Comment peux-tu en être certain, Albert ? Il faudra peut-être suivre Brad partout dans la ville.

Albert a capitulé. Va pour la moustache, mais pas question de porter cette moumoute grotesque. Bref, pour le look, tout y est. Albert et Huguette sont méconnaissables. Ils s'imaginent avoir l'allure de Holmes et Watson. On dirait plutôt Dupond et Dupont.

Pour le moment, nos deux détectives en herbe ont garé leur voiture à deux pas du casse-croûte. Ils attendent la sortie de Bradoulboudour. Comme chaque soir, Brad a prévenu les Pomerleau qu'il ne rentrerait pas avant minuit. Ils l'ont questionné, il est resté vague. Ils ont insisté, il a bredouillé quelques explications douteuses. Le mystère plane toujours.

– Il y a une femme là-dessous, avance Albert.

– C'est ce qu'on va savoir dans quelques minutes, chuchote Huguette en pensant à une certaine Mimi Larochelle...

– Pourquoi tu chuchotes, exactement, mon amour ?

Ils ont loué une voiture noire pour l'occasion. Rien de moins. Enfin, loué est un bien grand mot, disons plutôt qu'ils l'ont empruntée à la voisine en prétextant une panne avec la leur.

Mais revenons à notre filature, puisque Brad est sur le point de sortir... Albert est derrière le volant, Huguette prendra des notes. C'est elle qui a le calepin, les jumelles, l'appareil photo, le thermos de café et un petit lunch.

Il est 19 h 58...

19 h 59 maintenant...

20 h !

– J'adore ça…, chuchote encore Huguette. C'est tellement excitant, tu ne trouves pas, Albert ? On devrait faire ça plus souvent.

Albert ne dit mot. Le moment est crucial. Le génie va bientôt se montrer le bout du nez. Il faut rester aux aguets. Ne pas se laisser distraire. Ouvrir l'œil. Et le bon. Pendant qu'Huguette fouille dans la glacière, Albert aperçoit un petit homme avec un fez qui traverse la rue en courant à grandes enjambées. Brad est-il poursuivi ? Se sauve-t-il ? La peur se lit-elle sur son visage ? Pas du tout. Il a plutôt l'air radieux.

– Il ne faut surtout pas le perdre de vue, celui-là ! marmonne Albert en tournant la clé dans le contact, pendant qu'Huguette avale rapidement le Jos Louis qu'elle venait de déballer.

Elle remet ses verres fumés tachés de chocolat. La moustache d'Albert décolle. La tension est palpable.

Une voiture blanche aux vitres teintées attendait Bradoulboudour de l'autre côté de la rue. Impossible de voir le conducteur. Le génie monte rapidement à bord et le véhicule dévale la rue des Mouettes en cinquième vitesse. Albert en fait autant. Ils filent un moment sur le boulevard des Cascades, tournent à gauche en direction de Saint-Anselme, quittent Saint-Basile et roulent une bonne demi-heure.

Pas un mot entre les deux détectives. Des dizaines de questions se bousculent dans leur tête ; ils se demandent entre autres où ils vont aboutir et ce qu'ils font dans cette galère.

Ils traversent maintenant le centre-ville de Sainte-Maria-des-Anges. Un village sombre et plutôt malfamé. Un bled sans verdure, sans lumière, sans âme ni centre commercial.

– On dirait un village fantôme…, murmure Huguette. On ne voit personne.

Ici et là, quelques commerces fermés. Plusieurs bâtiments délabrés se côtoient. À la première intersection, la voiture blanche tourne à droite. Albert la suit toujours. Au bout du chemin, une bâtisse de briques flanquée d'une petite enseigne lumineuse qui fait clignoter huit lettres du mieux qu'elle peut:

L B ULE N I E

– L b u le n i e… Qu'est-ce que ça veut dire, au juste? demande Huguette en fixant l'enseigne.

– On dirait un genre de russe, avance Albert.

– Il manque sûrement des lettres…

– Tu sais lire le russe, toi?

Albert éteint rapidement les phares mais ouvre l'œil. Autour, une bonne cinquantaine de voitures dans le stationnement.

– Tout le village est ici, affirme Albert. Je me demande bien ce qui se passe là-dedans...

À ce moment, Bradoulboudour sort du véhicule blanc en rigolant. Deux individus aux allures de mafiosi l'accompagnent. Ils portent un complet blanc, des souliers blancs et un nœud papillon blanc. Un peu monochrome tout ça, mais les goûts ne se discutent pas.

– LA BOULE NOIRE! crie Huguette.

– Qu'est-ce que tu racontes?

– Il manque trois lettres à l'enseigne…

– Tu es très forte, ma chérie.

– Recolle ta moustache, Albert! On y va!

– Où ça?

Albert et Huguette entrent dans la bâtisse. L'endroit est sombre, mais animé. Une odeur de frites graisseuses, une musique assourdissante et des dizaines de tables de billard alignées au fond de la salle… Le billard! Voilà donc l'activité à laquelle s'adonnerait Bradoulboudour tous les soirs? Mais pourquoi ici? Et pourquoi le leur avoir caché? Hélas, Huguette et Albert n'auront pas le loisir de se poser des questions bien longtemps. Ils n'auront pas le temps d'y répondre, du moins. Les pauvres voulaient se fondre dans le décor; le problème, c'est que, vêtu de la sorte, personne ne passerait inaperçu.

Dupont et Dupond n'en mènent pas large quand ils voient s'approcher Jayson, le portier.

– Qu'est-ce qu'on lui dit ? marmonne Huguette.

– Je te rappelle que c'est ton idée de rentrer ici, ma chère !

– Vous cherchez quelqu'un ? leur demande l'impitoyable portier.

– On est venus voir un ami ! répond rapidement Huguette.

– On peut savoir le nom de votre ami ?

– Marcel ! laisse tomber Albert.

– Il fait partie du tournoi provincial ? rétorque le portier sans sourire.

– Tout à fait, lance aussitôt Huguette avec assurance.

Suspicieux, l'homme consulte la liste des joueurs, fronce les sourcils, la parcourt à nouveau et s'impatiente sérieusement. Évidemment, il ne trouve pas l'ombre d'un Marcel parmi les concurrents.

– Désolé, mais c'est complet! ajoute-t-il sur le ton de celui qui n'aime pas quand les discussions s'éternisent. Il fallait réserver, conclut-il en leur indiquant la sortie.

Au moment où Huguette et Albert sont sur le point d'être jetés dehors sans cérémonie, ils aperçoivent Brad qui discute avec Duclos au fond de la salle.

– C'est LUI, notre ami! lance alors Huguette.

– Le joueur au fez ou le policier? demande le portier.

– Le joueur au fez!

– Bel essai. Le problème, c'est qu'il ne s'appelle pas Marcel.

– Vous n'êtes pas au courant ? Tout le monde l'appelle Brad, mais son vrai nom, c'est Marcel.

– Vous connaissez Brad, alors ?

– Nous sommes pour ainsi dire... de la famille.

Le visage du portier s'illumine. Il observe Bradoulboudour en souriant. Nul doute qu'il fait partie de ses admirateurs...

– Regardez-le, dit-il, la demi-finale commence dans quelques minutes et il n'a même pas l'air nerveux.

– Quand on a le talent..., ajoute Huguette.

– C'est un joueur d'exception ! Mes prédictions, c'est qu'il va battre Big John Clever en finale.

– Nous avons fait exactement les mêmes! laisse tomber Huguette, qui n'a aucune idée de ce qu'elle raconte.

Quand le portier prend enfin congé des détectives pour accueillir un couple qui entre à La Boule Noire, Albert et Huguette en profitent pour s'approcher subtilement de Brad, qui s'entretient maintenant avec une fort jolie dame...

Huguette et Albert se cachent du mieux qu'ils peuvent derrière une poutre et dissimulent leur visage avec le programme de la soirée, dans lequel ils ont percé deux trous. En gros, nos limiers ne sont pas subtils pour deux sous et tout le monde les regarde...

– As-tu vu? chuchote Huguette. La dame avec la robe rouge...

– Où?

– Brad lui tient la main, Albert! Je commence à croire que t'avais raison.

Je pense qu'il est en amour, notre Brad.

– Mais où?

– Albert, franchement! Tu regardes même pas dans la bonne direction!

Pendant qu'Huguette et Albert se chicanent, le portier va retrouver Brad. Il lui parle des deux étranges détectives qui se tiennent derrière la grande poutre... Étonné, Brad lorgne la moustache, toise leur accoutrement, scrute leurs visages... Non, il ne les connaît pas, ces deux-là. Il jure qu'il ne les a jamais vus.

Quoique...

– Oh! oh! Albert... J'ai l'impression que Brad nous a repérés, annonce Huguette, un brin de panique dans la voix. Il s'en vient...

– Où ça?

– Albert? Huguette? fait le génie en arrivant à leurs côtés.

Albert sursaute, échappe le programme, mais se refait vite une contenance.

– Euh… bonsoir, mon petit Brad, lance-t-il. Surpris de nous voir ici, n'est-ce pas?

– Qu'est-ce que vous…

– C'est plutôt à nous de poser les questions, Brad!

– Bizarre, la moustache, Albert. Je vous préfère sans, si vous voulez mon avis.

– Donc c'est ici que vous passez vos grandes soirées, Bradoulboudour?

– Je vais tout vous expliquer.

Le génie devient alors mielleux. Larmoyant, presque. Attendrissant, tout de même.

– C'est l'agent Duclos qui m'a inscrit à ce tournoi de billard, Albert.

– La belle affaire…

– Jamais je n'aurais cru que l'aventure prendrait autant d'ampleur, croyez-moi.

– Mais pourquoi nous l'avoir caché, Brad ? Pourquoi tout ce mystère ? demande Huguette.

– Vous auriez accepté que j'oublie votre troisième vœu le temps du championnat ?

– Jamais de la vie ! répond dare-dare Albert. Mais il fallait nous en parler quand même. Vous êtes NOTRE génie ! Nous devons tout savoir de vos allées et venues. Maintenant, nous rentrons ! Vous avez un dernier vœu à exaucer. Ai-je besoin de vous le rappeler ?

– Albert, je vous en supplie ! Laissez-moi vous proposer un marché...

– Oh que non ! Désolé, mon petit Brad, mais je n'ai pas du tout l'intention de faire le moindre pacte avec vous.

– L'aventure achève, Albert. Si jamais je gagne ce soir, la grande finale est prévue pour samedi. Je rêve de vivre cet évènement une fois dans ma vie de génie.

– C'est non.

– C'est le dernier vœu que je vous demande d'exaucer, Albert. Ensuite, j'exauce le vôtre et...

Bradoulboudour est alors interrompu par deux dames qui lui demandent un autographe en rougissant. Courtois, Brad se prête au jeu avec élégance et revient à son maître :

– Albert, je sais que je n'ai pas toujours été à la hauteur de vos...

Un barbu costaud vient lui faire la même demande que les deux dames.

– Écrivez : « Pour Lily »..., lui dit le costaud.

– Bonne chance pour la demi-finale, monsieur Brad! fait la demoiselle qui l'accompagne. On est tous derrière vous.

Puis, s'adressant à Albert, la demoiselle demande:

– Je suppose que vous êtes un admirateur inconditionnel du joueur au fez, vous aussi?

– C'est-à-dire que, personnellement...

– On a roulé pendant huit heures juste pour venir le voir jouer. Il est exceptionnel!

Perplexe, Albert les regarde s'éloigner. Au micro, on annonce le début de la partie. Brad esquisse un petit sourire nerveux:

– Alors, Albert?

Que peut faire Albert Pomerleau, maintenant? Empêcher ce tournoi?

Décevoir tous ces admirateurs? Peut-il vraiment souffler contre le vent?

Excédé, Albert se penche vers Bradoulboudour:

– Je vous donne jusqu'à samedi prochain! Pas un jour de plus, vous m'entendez?

– Vous aurez votre chalet samedi, Albert. Je le jure sur ma vie! Topez là!

Albert n'est pas d'humeur à toper.

– C'est toujours un chalet que vous voulez, n'est-ce pas? demande le génie, sur le point de quitter son maître.

Albert saisit alors le bras de Brad et le retient.

– Minute, Bradoulboudour! Je ne prendrai pas de risque, cette fois! Vous allez me signer un contrat ici, là, maintenant, tout de suite.

Au dos du programme de la soirée, Albert Pomerleau rédige à la hâte le texte que voici:

PAR LA PRÉSENTE, JE, SOUSSIGNÉ BRADOULBOUDOUR, GÉNIE DE POTICHE, M'ENGAGE FORMELLEMENT À EXAUCER SANS FAUTE, SANS DÉLAI, SANS DISCUSSION ET SANS AUCUNE ESPÈCE DE CONDITION, LE TROISIÈME ET DERNIER VŒU DE LA FAMILLE POMERLEAU, SAMEDI PROCHAIN, APRÈS LA GRANDE FINALE DU TOURNOI DE BILLARD.

N.B. CE VŒU EST UN CHALET AU BORD D'UN LAC!!!

X ....

– Voilà! lance Albert, triomphant. Maintenant, vous signez à côté du X.

Sans même prendre le temps de lire le contrat, le génie appose sa griffe au bas de la feuille.

– Terminés, les autographes! La partie commence! annonce Duclos, qui ne tient plus en place. Oh! Albert! ajoute-t-il. Amateur de billard, vous aussi?

– Pas vraiment, non.

– Formidable! Bonne soirée!

Satisfait, un peu plus détendu du moins, Albert plie le contrat en quatre et le glisse dans la poche de son imper. Impossible de revenir en arrière. Cette fois, il le tient! Albert se demande pourquoi il n'a pas eu l'idée du contrat avant. Tout aurait été tellement plus simple. Le génie serait sans doute déjà loin...

C'est maintenant l'heure!

Bradoulboudour approche de la table de billard. Visiblement nerveux, l'adversaire de Brad, Jack Flemming, évite son regard. Autour d'eux, le silence s'installe. On respire à peine quand Bradoulboudour effectue le bris avec fracas.

SCHLACK !

– Le son du maître ! déclare un amateur enflammé, à côté d'Albert. Il n'y a que le joueur au fez pour casser de cette façon.

La dix est empochée dans un coin. Le visage de Flemming se crispe légèrement. Brad fait le tour de la table en étudiant avec science la position de chaque boule.

– On dirait un tigre épiant sa proie…, lance encore l'admirateur, à qui Albert Pomerleau n'a pas du tout l'intention de répondre.

Bradoulboudour envoie un regard complice à Duclos, qui hoche la tête. Le génie se penche et aligne sa baguette sur la quatorze. La foule s'agite : le chemin jusqu'à la poche visée est jonché de boules créant un couloir accidenté. Flemming esquisse un sourire. Le coup semble impossible. Frappée d'un coup sec, la boule de Brad rentre au poste. Personne ne l'a vue rouler. Ébahie, la foule se lève et applaudit l'exploit du génie.

Une heure et demie plus tard... Flemming serre la main du joueur au fez, qui l'a battu à plate couture. Duclos, complètement survolté, se jette dans les bras de Brad, puis dans les bras d'Huguette, et saute finalement au cou d'Albert.

– Je n'y suis pour rien, moi ! lance Albert en décollant Duclos.

– Vous êtes venu le supporter et c'est formidable, lui répond Duclos, ému.

– Quelle partie mémorable, Brad ! ajoute Huguette. Vous nous avez impressionnés! N'est-ce pas, mon chéri, qu'il nous a impressionnés?

– Mais oui, mais oui..., marmonne Albert en entraînant le génie un peu à l'écart. Mon petit Brad, cela restera entre nous, mais...

Albert s'interrompt, regarde à gauche et à droite, s'assure que personne ne l'entend... et poursuit:

– Avouez que vous faites appel à la magie pour réussir des trucs pareils...

Avec la dignité qu'on lui connaît, Bradoulboudour lui répond sans broncher:

– Vos soupçons me blessent, Albert, mais dans les circonstances, je les prends comme un compliment.

– Brad, soyez honnête. Ne me dites pas que le coup de la quatorze...

– Certains ont du talent, d'autres du génie, Albert.

C'était écrit dans le ciel, Bradoulbou-dour affrontera le grand champion en titre : Big John Clever. « J'ai l'impression de rêver… », affirmait le génie, jeudi soir dernier, lors de l'entrevue qu'il a bien voulu accorder aux journalistes de la télé après sa victoire fracassante. Cette fois, toute la famille Pomerleau assistera à la grande finale opposant deux des plus grandes stars du billard. Personne ne voudrait rater l'évènement.

Les Pomerleau sont prêts à partir depuis midi. Fébriles, ils tournent en rond et ne savent comment s'occuper en attendant.

Le tournoi a lieu à 15 h, à l'aréna de Saint-Basile.

Quand vient enfin le moment de quitter la maison, Albert semble complètement désorganisé. Il s'énerve et court partout en tempêtant.

– Où est-elle? finit-il par crier.

– Qu'est-ce que tu cherches, mon amour?

– Où avez-vous mis la potiche?!

– Est-ce que tu parles de ton espèce de bouteille, p'pa?

– Tu sais très bien de quelle potiche je veux parler, Guillaume!

– Tu veux vraiment l'apporter à l'aréna, Albert?

– Inutile d'étirer les adieux éternellement, Huguette. Aussitôt que la partie sera terminée, Brad exaucera notre troisième vœu et hop! il sautera dans sa potiche!

– Il ne reviendra pas ici?

– Non, Jules. C'est ce qui est convenu avec Brad, je l'ai dit tout à l'heure.

– On ne le reverra plus jamais ?

– Mais combien de fois va-t-il falloir le répéter ? Vous voulez relire le contrat qu'il a signé ?

– Et s'il perd la finale ?

– Quelle question, Huguette ! Qu'il gagne, qu'il perde, qu'il pleuve, qu'il vente, qu'il grêle : IL PART !

– Bon, bon.

– Et vous allez me dire où vous avez caché la potiche !!!

Personne ne répond. Il y a un petit vent de conspiration dans l'air... Albert Pomerleau est maintenant à quatre pattes dans le salon, regardant sous le tapis, derrière les coussins, sous les meubles, partout.

– P'pa, on va rater la finale !

– On est déjà en retard, Albert ! Viens-t'en !

– Je ne partirai pas sans la pot...

La voilà ! Sous la bergère. Albert devine que quelqu'un l'avait dissimulée volontairement, mais ce n'est pas la peine de discuter. Pas aujourd'hui. Surtout pas maintenant. Impatients d'assister au tournoi, ils montent tous dans la voiture en vitesse.

– Ce soir, on ira fêter le départ de Brad dans un resto chic ! annonce Albert, en route vers l'aréna. C'est moi qui paye !

Le silence est lourd. Albert l'a-t-il senti ?

– Ça ne vous dit rien, un resto chic ? Homard, caviar, calmars...

– Albert, s'il te plaît! Tu vois bien que personne n'a le cœur aux calmars en ce moment! On a tous de la peine.

Évidemment, avec tout le temps qu'ils ont perdu à chercher la potiche (ou du moins à faire semblant de la chercher), les Pomerleau arrivent en retard. La finale est commencée depuis un bon moment déjà. Ils se faufilent avec difficulté à travers la foule. À l'intérieur de son veston, Albert tient précieusement la fameuse potiche. Il est heureux, Albert. Soulagé. Guilleret. Est-il besoin de le préciser?

Dans l'aréna, la tension est à couper au couteau parmi les spectateurs. Pas un bruit, pas un mot, pas un souffle.

– Est-ce que ça va bien pour Brad? ose demander Jules, qui ne voit pas grand-chose.

– Chuuuuuuuuuuut! font immédiatement les spectateurs autour de lui.

– C'est qui la dame avec Brad ? s'informe Guillaume. Il a une blonde ou quoi ?

– Chuuuuuuuuuuuut ! s'impatientent les mêmes qu'il y a deux minutes.

C'est au tour de Big John Clever. On raconte qu'il joue au billard depuis l'âge de 7 ans. Champion pour une troisième génération. La légende veut qu'il n'ait jamais perdu un seul tournoi au cours des vingt dernières années. Le chapelet de grosses bagues en or à ses doigts en fait preuve. Mais doit-on croire tout ce qu'on raconte ? Quoiqu'il en soit, depuis l'arrivée des Pomerleau, Big John (Biggie pour ses admirateurs) empoche boule sur boule avec art. Il ne semble pas nerveux pour deux sous.

– Pauvre Brad…, chuchote Guillaume. Il est fini.

– Mais non ! fait Huguette, qui pense précisément la même chose.

Témoin de cet impressionnant exercice, Brad reste de marbre. À ses côtés, Mimi Larochelle ronge le peu d'ongles qu'il lui reste. Duclos préfère garder les yeux fermés pour le moment. À chacun sa façon de maîtriser ses peurs.

Dans les estrades, le public se déchaîne. On scande « Biggie ! Biggie ! Biggie ! » La tension monte. Où sont passés les admirateurs du joueur au fez ?

Soudain, c'est le choc ! L'étonnement. L'émoi. La surprise totale. Des « Ho ! » et des « Ha ! » de désolation fusent des quatre coins de l'aréna : le grand Big John vient de rater un coup. Un coup pourtant facile. Son visage s'obscurcit. Il se raidit, recule d'un pas et cède la place à son adversaire.

Silence dramatique dans l'aréna.

Brad s'approche du tapis vert. Huguette serre le bras de son mari. Bradoulboudour se penche au-dessus de la table et empoche une première, puis une seconde boule, mais rate la troisième.

Biggie revient en force, aligne sa baguette sur sa boule et enfin sur la noire. Le champion en titre gagne la première manche. Duclos se prend la tête à deux mains.

– On est avec vous, Brad !!! crie Huguette.

– GO, BRAD, GO ! hurlent Guillaume et Jules.

– GO, BRAD, GO ! GO, BRAD, GO ! GO, BRAD, GO ! reprend une bonne partie de la foule.

Puis c'est le silence.

Bradoulboudour effectue le bris, empoche quatre boules coup sur coup. Cette fois, il gagne la manche. Magistral ! Mimi Larochelle éponge le front du génie, Duclos lui masse les épaules et lui tend une gourde contenant un liquide bleu poudre.

Visiblement déstabilisé, Big John Clever fait le bris d'une nouvelle partie mais n'empoche aucune boule. C'est la consternation dans les estrades. Déjouant tous les pronostics, Brad enchaîne trois victoires de suite.

– Et monsieur va encore nous dire qu'il n'a pas fait appel à ses pouvoirs de génie! grommelle Albert.

– Qu'est-ce que tu dis, mon amour?

– Rien.

Le public est enflammé. Biggie y va maintenant de stratégies audacieuses: en entrant ses boules, il bloque astucieusement celles de Brad. Le génie se retrouve en fort mauvaise position. Huguette n'ose plus regarder. Duclos est au bord de la syncope. C'est beaucoup trop de tension pour une petite nature comme la sienne. Mimi

Larochelle doit maintenant éponger le front de Duclos et lui donner du liquide bleu.

Brad n'abandonne pas. Certaines de ses manœuvres laissent le champion en titre stupéfait. Dans un dernier baroud d'honneur, Biggie Clever tente de faire un grand coup.

Trop sûr de lui, peut-être ?

Trop nerveux ?

Allez savoir...

Il vise et... rate sa dernière boule !

– Il est fini, Biggie, fait Guillaume.

– Chuuuuuuuut !

Guillaume a un peu raison. S'il fait bien son travail, le joueur au fez ne fera qu'une bouchée de Big John Clever. La fin est proche. Dans tous les sens du mot...

Majestueux, Bradoulboudour avance lentement, juge, aligne une boule, puis une autre, et enfin la noire! Duclos tombe dans les pommes. C'est la victoire!

Huguette essuie une larme. On vient de remettre à Bradoulboudour le grand prix du championnat provincial de billard. Sous les projecteurs, portant la coupe à bout de bras, son génie a vraiment fière allure.

Brad entame maintenant un long et émouvant discours de remerciements bien sentis. À sa droite, Duclos ne peut contenir son émotion et braille comme un veau. Mimi Larochelle est radieuse. Bref, tout cela est bien joli, mais au bout de vingt minutes, comme le discours n'en finit pas, Albert Pomerleau commence à se demander si Brad n'essaierait pas de gagner du temps…

Quand Bradoulboudour rend un vibrant hommage au gardien de la guérite du stationnement, Albert s'impatiente sérieusement:

– N'importe quoi!

– Écoute plutôt ce qu'il raconte, Albert. Il tient à remercier tous ceux qu'il aime avant de partir. Tu sais très bien qu'après il sera trop tard...

Un tonnerre d'applaudissements met fin à cette touchante allocution. Bradoulboudour, malgré la cohue d'admirateurs qui se ruent vers lui, se fraye un chemin vers les Pomerleau.

– Bravo, Brad! s'empresse de lui dire Albert. C'était une belle performance.

– Merci, Albert. Vos compliments m'honorent!

– Maintenant, passons aux choses sérieuses, si vous le voulez bien. On y va!

Bradoulboudour se dirige alors rapidement vers la sortie de secours, priant les Pomerleau de le suivre jusque dans le stationnement de l'aréna.

– Montez vite dans la voiture! leur lance Brad, qui s'installe derrière le volant.

Sans poser de questions, les Pomerleau s'entassent sur la banquette arrière. Albert, lui, ne bouge pas.

– Albert, montez avant que mes admirateurs me rattrapent! lui crie le génie.

– Où avez-vous l'intention d'aller comme ça? demande Albert, à bout de patience.

– Je vais exaucer votre troisième vœu, Albert, vite!

– Vous pouvez très bien le faire ici!

– Au beau milieu d'un stationne-ment froid et impersonnel?

– Je ne monte pas.

– Albert, ne complique pas tout, mon chéri. Brad a assez vécu de stress...

– Dépêche-toi, p'pa!

– Ce n'est pas ce qui était convenu.

– Albert, montez et faites-moi con-fiance, pour une fois!

Voyant apparaître une horde d'admi-rateurs, Albert capitule.

Bradoulboudour roule sans préciser leur destination. Quand Albert insiste, il lui répond par un sourire, l'assurant qu'il n'en sera que récompensé...

Et il dit vrai.

Une heure plus tard, les Pomerleau se retrouvent au bord d'un lac magni-fique. Sur une petite colline trône un splendide chalet. Il y a même un yacht, un quai, des pédalos, du sable doux, un grand terrain et le chant des ouaouarons en prime.

– Tout cela est à vous, annonce fièrement Bradoulboudour.

Huguette reste muette. Les enfants partent inspecter les lieux en courant. Albert sourit tranquillement. Un instant de pur bonheur. L'endroit est paradisiaque. La vie a quelque chose de magique pour les Pomerleau tout à coup. Et c'est à Brad qu'ils le doivent...

Après avoir longuement remercié le génie, Albert, qui ne perd pas le nord, sort sa fameuse potiche, sous le regard ahuri des trois autres.

– Voyons, Albert! On peut bien prendre le temps de manger une bouchée avant, suggère Huguette. Pourquoi ne pas fêter la victoire de Brad?

Mais Albert ne semble rien entendre. Cette fois, il ne flanchera pas et les trois autres le savent.

– Mon petit Brad, le troisième vœu est exaucé, c'est le moment des adieux! annonce-t-il en retirant le bouchon de liège.

Brad reste calme, avance vers Albert, inspecte la bouteille un moment, regarde les Pomerleau et sourit. Albert est étonné de tant de sérénité.

– Je suis heureux de voir que vous êtes résigné à partir, Brad. Ce n'est pas toujours facile de quitter avec dignité. Somme toute, ce fut une belle aventure. Allez hop! dans la bouteille, mon ami! On se reverra peut-être un de ces jours, qui sait?

Huguette a la gorge nouée. Jules est sur le point d'éclater en sanglots. Guillaume fixe le lac en soupirant.

– Petit détail, Albert, fait alors Bradoulboudour. Il ne faudrait pas oublier de remercier Mimi Larochelle.

– Qui?

– C'est elle qui a déniché votre chalet. Elle est agente immobilière.

– Une agente? Mais pourquoi une agente?

– Il faut remercier Duclos, aussi.

– Mais que vient faire Duclos dans cette histoire?

– L'argent ne pousse pas dans les arbres, mon pauvre Albert. Comment croyez-vous que j'aurais pu payer ce domaine bucolique sans tous les tournois de billard que j'ai gagnés au fil des semaines?

– Payer?! répète Albert. Mais…?

– Vous voulez dire que vous avez acheté le chalet? s'étonne Huguette.

– Grâce aux tournois de billard.

– Mais, Brad, vous…

– Tut, tut, tut! Vous le méritez, mes amis. Vous prenez si bien soin de moi. Disons que c'est ma façon toute personnelle de vous remercier.

– Alors, il nous reste encore un vœu? ose Huguette, ébranlée par la nouvelle.

– Et voilà!

– *COOL!* s'écrient aussitôt Guillaume et Jules.

– Vous êtes trop généreux, s'exclame Huguette. Nous sommes tombés sur un génie si bienveillant, si bon, si…

– Si je comprends bien, vous ne partez pas?! explose alors Albert.

Le coup de coude qu'Albert vient à l'instant de recevoir dans le flanc le fait taire immédiatement. Huguette a

raison, après tout. De quoi peut-il se plaindre ? Ils ont droit à un autre vœu ! N'est-ce pas une chance inespérée ? Est-ce possible qu'Albert n'apprécie pas le cadeau qui vient de lui tomber du ciel ?

Hmmm… oui, c'est bien possible.

– Je vous rappelle que vous avez signé un contrat, Bradoulboudour ! Je l'ai ici. Tenez ! Lisez ! Vous avez promis !

– J'ai promis d'exaucer votre troisième vœu, Albert, et c'est précisément ce que je viens de faire, mais sans la magie.

– C'est de l'imposture !

– C'est bien un chalet que vous vouliez, non ? Remarquez, si vous aviez demandé un château avec dragon et tout, je n'aurais pas pu le payer. Au fond, vous avez fait un très bon choix.

Je censure ici la réaction d'Albert Pomerleau. Toute colère n'est pas toujours bonne à décrire, après tout. Cela dit, Brad a tenu promesse. Et le plus merveilleux dans cette histoire, c'est que les Pomerleau peuvent encore rêver...

– Albert ? Tu avais parlé d'aller manger dans un resto chic ce soir, n'est-ce pas, mon chéri ?

LE PETIT MOT
DE L'AUTEURE JOHANNE MERCIER

Qui dira que l'écriture est un travail solitaire ?
Un après-midi d'été, Yvon Brochu, qui ne se
repose pas souvent, me confie qu'il aimerait
ajouter aux collections des éditions FouLire
une série mettant en vedette un génie. L'idée
me plaît. Reste à définir le personnage...
Pierre Greco me suggère d'en faire un génie
désagréable et encombrant. Un amoureux
des plaisirs terrestres, pourquoi pas ? C'est
l'étincelle qu'il me manquait ! J'écris alors
la première aventure de Bradoulboudour.
Quand, sous la plume ingénieuse de Christian
Daigle, Brad apparaît pour la toute première
fois, entouré des Pomerleau, quelque chose
me dit que je vais subir exactement le même
sort que cette famille... Brad s'installait
définitivement chez moi aussi.

Merci, Yvon, Pierre et Christian.

Série Brad

Auteure : Johanne Mercier
Illustrateur : Christian Daigle

1. Le génie de la potiche
2. Le génie fait des vagues
3. Le génie perd la boule

www.legeniebrad.ca

Mes parents sont gentils mais...

ILLUSTRATRICE: MAY ROUSSEAU

www.mesparentssontgentils.ca

Le Trio rigolo

AUTEURS ET PERSONNAGES :

JOHANNE MERCIER – LAURENCE

REYNALD CANTIN – YO

HÉLÈNE VACHON – DAPHNÉ

ILLUSTRATRICE : MAY ROUSSEAU

www.triorigolo.ca